五行歌集

黒猫のよりみち

黒猫

市井社

黒猫のよりみち　目次

春

胸さわぎ
桜の君に
会いに行かなくちゃ
間に合わない
ああ

見てみたきは
沙羅双樹の花
朝に咲きて
夕べには散るという
儚きは　美しきかな

百夜《ももよ》
小野小町を読み終えて
これぞ　恋歌にて
そっと　なでる
我胸に置きて

寒さ癒《い》え
梅の蕾に
キラリ
光る
春の雨粒《あまつぶ》

闇夜《やみよ》に
外に出てみる
大山蓮華《れんげ》の香りに
ふと黄泉《よみ》の国に
まぎれ込んだよう

主人から花束のプレゼント
五感をすべて
開放する
自由のうれしさ
今日は私の誕生日

永遠の命を
真紅の薔薇に
閉じ込めて
あなたにあげるわ
私の愛　総てを

永遠の命は
無いけれど
永遠の愛なら
あるわ
とこしえに

ＷＢＣ侍ジャパン
大活躍
平常心、リラックスすると
結果オーライ
ホームラン

花をみると
口づけをしたり
香りを嗅いだり
したくなるのは
女だけなのでしょうか

おみごと
松山のゴルフマスターズ制覇
グリーンジャケットの眩しさ
でも、聞きなれない
メンタルコーチ付き

ふんわり
蓬餅《よもぎもち》
口に入れると
春の味
満杯

いたずら半分で
会えない友に
ビデオ通話
お互いのスッピンに
心もスッピン

彼の
舞台は
エンディング
中途半端な
幕切れだよ

岡江久美子と志村けんで
死の怖さを知った
三浦春馬で
生の素晴らしさを知った
のに…

iPS細胞から
心筋細胞へ
ぷくぷく膨らむ
16倍拡大カメラの鼓動
細胞のお祭りだ

ボ~ン　ボ~ン
リフォームのために
外してあった
ネジ巻き式の古時計
私達みたいに　チョイゆるだね

長い睫毛《まつげ》
つぶらな瞳
コロナ禍中に
生まれた生命《いのち》
強運であれ

パラオリの最後は
車椅子のバスケの快勝
早い転回に
見ている方も
思わず足に力を入れる

月満夜《つきみちよ》
四十九日までには
月の世界に行けるという
ここちよい西風に
父を偲ぶ

私には
観音ぼくろがある
気が向くと
それに赤い口紅を塗る
運がむくような気がして

夏

プラムを
かじりながら
森を歩く
朝露《あさつゆ》が
足首《あしくび》を濡《ぬ》らす

人の歌って
本当に
勉強になる
じっくりと読ませて頂く
初夏の暑い日

死ぬ
ために
生まれる
命は
ない

人生は長くなった
三十や四十で
へこたれても
健康でさえあれば
人生、やり直せる

今朝は
生駒山も
二上山も
なーんも見えんけど
傘を持って私は歩く

もう一度
母の背中に
父の背中に
もたれてみたいなあ
叶わぬ夢だけど

夢で
もし逢えたら
若いままで
逢いたいものと
叶わぬ夢物語

英雄は凶弾に倒れるもの
それは常
ケネディ然り
ジョン・レノン然り
アベ・シンゾウも又

真剣な顔
心配そうな眼差《まなざ》しから
一気に満面の笑み
カーリングの女子
ロコ・ソラーレ

白鳥《しらとり》の子が
可愛い
田んぼのおじいの
大くさみにびっくりして
離れて行った

いろんな人の思いを
頂いて終えた
長男の結婚式
今日になって
改めて涙する

父は死んでも
私の胸に生きているけど
認知症の母は
いくら尽くしても
死んだも同じ

五感
五感をトギスマス
目から足
人間ってよく出来ているものだ
フル活動だ

鬱鬱《うつうつ》とした長雨《ながあめ》
出窓から見えるバラの蕾《つぼみ》は固く
久々の晴れ間に
こちらを向いて開花した
ほほえむように

孫一才半
保育園の七夕祭
急きょ思いついて
甚平を着せる
やっぱり一番可愛い

秋

仏の手
いろいろな形
慈悲《じひ》の手
慰《なぐさ》めの手
そっと触れたい

鋭い切っ先を当てる
血が滲《にじ》む
開花する
黒い薔薇の
切り絵

髪飾りは
もういらない
ショートにしたから
いつの日か、又
使う日まで、アデュー

蛇行剣《だこうけん》
いつ
どうして
できたのか
古代のロマン

デイサービスに
関わっていた
十五年間
私はカラオケ係で
アイドルだったかも

頭の中が
胸の内が
一杯になると
出て来るようだ
五行歌というものは

おいで　おいで
銀杏の木が
朝日を一杯に受けて
呼んでいる
私はその中に包まれて

愛を追いかけても
空しいだけ
すぐ側に有《い》るのに
気付かないで
灯台下暗し

シャンソンって
経験浅き私が
さも　そのように
歌う
醍醐味《だいごみ》

堂々の
車椅子の
シャンソン歌手
人の心に沁み入る
歌声

デイサービスの皆さんに
むいてもらった渋柿
軒下に　つるされて
ぽつり　ぽつり
干柿の灯《あかり》

洗濯物を干していると
三本足の猫の黒が
私の方に　歩いて来た
思わず　私の目に涙が
よく、ここまで快復したね

父の山
二上山に向って
車を進めると
母が居《い》る
施設

明日のことは
明日考えよう
「風と共に去りぬ」の名セリフ
ケ・セラ・セラ
人生は素晴しい

冬

線香が
くゆるのを
見るのが
好き
心が落着く

コロナを経験して
生と死をつくづく想う
父はコロナ前に
母は最中に
死なせてしまった

三匹の子猫が
よく眠る
気づかれない様に
その上に乗る私も
猫になる

私の行き先は
自由
チケットなんか
いらない
グッとくる歌詞

もうこれで
最後かと
運転免許証の
更新
人の列に並ぶ

トルコ・シリア
七千名にもなる死者を出した
巨大地震
プーチンよ、戦争にて人を殺さずとも
人は死ぬ

人間って
あやまちを犯すから
あやまちをくり返すから
人間なのでしょうか
戦争という

鳥を見る
猫の目線は
野性を目覚めさせるが
私に甘えてくる目はトロリ
コロコロ　変幻自在

涙が出るほど
うれしかった
トルコ地震の
日本医療チームの
テント設置

涙・涙の朝ドラの終盤
生前葬なんて
いきなことを…
私も少し
やってみたくなる

跋

草壁焰太

黒猫さんは、奈良にいくたびに、いろいろ案内して下さる方である。しかし、『五行歌』本誌には属さず、歌は宮澤慶子さんに見てもらっていた。だから、ほとんどが初めて見る歌である。

なかに、とてもいい歌があり、これ、私の歌にほしいな、と思わず呟いた歌があった。

死ぬ
ために
生まれる
命は
ない

命について、すべてを言いつくしている、と思った。

かつ、この歌を読むと、自分はどう生きてきただろうかと、しみじみ内省させられる。そう思わせるような歌が、五行歌の理想かな、と思う。

なんでもないような日常詠の中にも、あじわい深いものがある。

白鳥《しらとり》の子が
可愛い
田んぼのおじいの
大くさみにびっくりして
離れて行った

長い睫毛《まつげ》
つぶらな瞳
コロナ禍中に
生まれた生命《いのち》
強運であれ

これからも、いい歌を書き続けていただきたい。書くことは、自分自身を作りだしていくことだから。

あとがき

世間しらずの黒猫は、奈良県生まれの奈良育ちの田舎の子にて、要領悪く、引っ込み思案でしたが、いつの間にか、年を経て、あつかましく自分を出せる様にもなりました。

五行歌は、本当に人間性まる出しの、隠しとおせる事叶わず、それが、又、良きところとひらき直っている次第でございます。

とてもとても、本など作る予定ではございませんでしたが、私が亡くなってしまった後、なーんも残せない人生なんて、悲しいではないかな、と考え、唯一、この五行歌の本を、生きた証《あかし》として作りたいと考える様になりました。

長年、お世話になっている割には、実質、年数は少なく、途中リタイアしたり、我まま放題の私めを、奈良歌会代表の宮澤慶子さんにひろって頂き、ご指導して頂けた故、今日に到った次第でございます。

＊

奈良は良き所にて、日本のふるさと、実家も法隆寺インターからすぐの所にて、近場に嫁いで参りました。一人息子の主人の両親とは最初から同居にて、遠縁の子が住込で一人と、新婚時代は、五人から始まりました。

年子で男の子、長男次男と次々生まれ、女の子がどうしてもほしくて、四年あけましたが、又、男の子が生まれ、子供は、男三人と、子供のような主人一人と二人共、二十三才で結婚致しましたから…

24号線にまだ一件もなかったガソリンスタンド経営をされていた両親の後を継いで、お商売で、同居で、男の子三人、毎日毎日おさんどんばかりしていました。家も新築の大きな庭や畑のある家にて、おそうじも、お昼までかかり、私自身、元サラリーマンから、お商売をはじめた父、母には、質素倹約をむねとした生活だったため、嫁いでからは、ぜいたくを覚えました。新婚旅行はヨーロッパ十八日間で、主人は一人っ子ゆえ、2000GTというトヨタのスポーツカーを持っていて、それにてデートをしていましたら、家までオートバイでついてこられたことがありました。

その2000GTは、今でも、メンテナンスを欠かさずにりっぱな車庫に鎮座しております。

私も元々は、倹約家庭に育っているため、もったいない精神は磐石《ばんじゃく》にて、息子三人は、ぜいたくはしないように育てました。でも勉学はきちんとさせたいと、主人は、はりきって長男を東大まで行かせることに、下になる程、その熱意は下降し三男は料理が好きにて、そちら方面へ。男の子三人の割には、大ゲンカすることもなく、今でも、三人でそろってゴルフに行ったりして仲よくしているようです。

主人と違って地味過ぎて、女の子にもてず今だ、長男のみの結婚にとどまっ

黒猫（くろねこ）
本名・南浦洋子
1948 年奈良県北葛城郡生まれ
現在、天理市在住
五行歌の会同人
奈良五行歌会会員

黒猫のよりみち

2024 年 3 月 3 日　初版第 1 刷発行

著　者　　黒猫
発行人　　三好清明
発行所　　株式会社 市井社
〒 162-0843
東京都新宿区市谷田町 3-19 川辺ビル 1F
電話　03-3267-7601
https://5gyohka.com/shiseisha/

印刷所　　創栄図書印刷 株式会社
装　丁　　しづく
写　真　　著者

ISBN978-4-88208-209-5